Ich bin gar keine Autorin

Ich bin gar keine Autorin

*Das Buch, das ich schreibe,
während ich versuche
herauszufinden, was ich
eigentlich schreiben will*

Kirstin Ilge

Impressum

Ich bin gar keine Autorin
Das Buch, das ich schreibe, während ich versuche
herauszufinden, was ich eigentlich schreiben will

© 2025 Kirstin Ilge
Cover & Satz: Kirstin Ilge & KI-Chaos-Kombinat

Verlag:
BoD · Books on Demand GmbH, Überseering 33,
22297 Hamburg, bod@bod.de
Druck: Libri Plureos GmbH,
Friedensallee 273 22763 Hamburg

ISBN: 978-3-8192-2802-5

1. Auflage 2025

Für alle,
die sich schon mal gefragt haben,
ob sie gut genug sind –
und trotzdem losgegangen sind.

Vorwort

Ich weiß bis heute nicht genau, wie dieses Buch entstanden ist.
Es war einfach plötzlich da.
Oder besser gesagt: Es wollte raus.
Aus meinem Kopf, aus meinem Bauch, aus diesem Wirrwarr aus „Ich müsste eigentlich…" und „Ich hab keine Ahnung wie."

Ich bin keine klassische Autorin. Ich habe keinen Plan verfolgt, keine Struktur gehabt, keine Schreibregel befolgt.
Ich habe einfach gemacht.
Gesprochen. Gepoltert. Geploppt.

Was du hier in den Händen hältst, ist kein Ratgeber.
Es ist auch kein Roman.
Es ist ein Buch über das Schreiben, während ich versuche herauszufinden, was ich eigentlich schreiben will.
Und irgendwie ist es dabei auch ein Buch über mich geworden.

Über Zweifel. Über Mut.
Über pinke Gedanken, sprechende Blockaden
und fliegende Fliegen.
Über das Chaos im Kopf und den Satz, der
manchmal zwischen zwei Tasten verloren geht.

Wenn du dich irgendwo darin wiederfindest,
dann freu ich mich.
Und wenn nicht – dann hast du wenigstens mit
dem Titel schon einen ersten Gedankenfunken
angezündet.

Schön, dass du da bist.
Lass uns mal gucken, was jetzt passiert.

Kirstin Ilge

Einleitung

Ich hätte gerne eine richtig gute Einleitung
geschrieben.
So eine mit Struktur, klarem Thema, spannender
Hinführung und dem Gefühl: „Ja, das ist jetzt ein
Buch."

Stattdessen sitze ich hier und denke: Ich weiß gar
nicht, wo ich anfangen soll.

Vielleicht ist genau das der Anfang.

Ich habe dieses Buch nicht geplant.
Ich habe nicht gewusst, was es werden will.
Ich wusste nur, dass es raus muss.

Manche Texte sind mitten in der Nacht
entstanden, andere zwischen Wäsche, Hund,
Gedanken und einer Fliege, die sich nicht
entscheiden konnte, ob sie raus will oder rein.
Und genauso fühlt sich dieses Buch auch an:
wie ein Mix aus allem.
Aus inneren Stimmen, Fragen, Momenten,
Erinnerungen, Ideen, die sich nicht entscheiden

können, ob sie Geschichte oder Quatsch sein wollen.

Vielleicht ist es eine Art Tagebuch ohne Datum.
Vielleicht ein Gedankenspielplatz.
Vielleicht auch einfach eine Sammlung von Ich.

Es hat keine Anleitung, kein Ziel –
aber jede Menge Richtung.

Kapitel 1: Die Fliege hinter der Gardine

Und selbst die Fliege am Fenster hinter der Gardine, die aus dem Fenster will, obwohl die Tür auf ist, die geht mir tierisch auf den Sack.

Ich glaub, sie weiß nicht, dass Freiheit nicht immer dort ist, wo es hell ist.
Oder ich bin die, die es nicht checkt.
Tür offen, Gedanken voll, aber ich donnere gegen das, was gar nicht da ist.

So fühlt sich das gerade an: Ich, das Buch, das ich schreiben will, die Idee, die ständig das Thema wechselt, und eine Fliege, die sinnbildlich für alles steht, was mich nervt.

Das Buch, das ich schreibe, während ich versuche herauszufinden, was ich eigentlich schreiben will.
Der Titel ist schon ziemlich cool, finde ich.

Nur schade, dass ich damit auch schon alles gesagt habe. Oder?

Mein Fehler ist oft – oder eigentlich immer – dass ich mehr mit Planung beschäftigt bin als mit dem eigentlichen Tun. Ich sitze da, denke nach, denke weiter, denke tiefer – und plötzlich bin ich so sehr im Denken verstrickt, dass ich schon wieder zu müde bin zum Schreiben.

Ich mache Pläne, um sie später zu hinterfragen.
Ich bereite mich vor auf Dinge, die nie passieren.
Ich denke an den Effekt, bevor der Satz überhaupt geschrieben ist.
So, bin ich Meisterin im Vorbereitungsweltmeistersein.

Und trotzdem.
Ich hab's ja schon mal gemacht. Beim ersten Buch.
Einfach gemacht. Ohne Nachzudenken.
Rein gesprungen in die Geschichte wie in ein übervolles Schaumbad – und dann wurde aus einer Idee plötzlich ein Universum.

Nur dass ich irgendwann so viele Ideen hatte, dass ich fünf Bücher gleichzeitig angefangen habe.

Typisch Chaotin.

Typisch Chaos Queen.

Drei Bücher habe ich angefangen, keins davon fertig – nicht, weil sie schlecht waren, sondern weil mich die Technik ausgespuckt hat wie ein wütendes Textverarbeitungsprogramm mit PMS.

Jetzt liegen sie irgendwo in der Schwebe.

Oder in meinem Kopf. Oder in meinem Google Drive.

Oder vielleicht auch in meinem linken Kniegelenk, ganz ehrlich – ich weiß es nicht mehr.

Und dann kam dieser Gedanke:

Vielleicht war das alles gar kein Scheitern.

Vielleicht war das einfach Üben.

Üben, wie man sich verliert. Üben, wie man zurückfindet. Üben, wie man plappert, spinnt, träumt – ohne Ergebnisdruck.

Nun sitze ich hier.

Mit der Fliege,
der offenen Tür
und dem Buch, das ich schreibe, während ich
versuche herauszufinden, was ich eigentlich
schreiben will.

Die Fliege hat sich verzogen.

Vielleicht ist sie jetzt im Wohnzimmer.

Oder in meinem Kopf.

„Ich hocke auf dem Sofa, als hätte ich mich selbst dort vergessen."

„Meine Haltung? Irgendwo zwischen Wartemodus und Gedankensumpf."

Zwischen Kaffeetasse, Tastatur und dem festen Vorsatz, „nur mal eben" ein bisschen zu schreiben.

Zwischen den Tasten beginnt das nächste Kapitel.

Wahrscheinlich ohne Plan.

Aber mit Herzklopfen

Kapitel 2: Zwischen den Tasten

Oft will ich alles perfekt machen.
Und das funktioniert natürlich nicht.
Perfekt – was soll das überhaupt sein?
Perfekt ist relativ.
Perfekt ist meistens das, was man denkt, was
andere vielleicht denken könnten, dass es perfekt
wäre.
Aber ich?
Ich will, dass es sich richtig anfühlt. Dass ich
später sagen kann: Ja. Genau so war es. Oder so
ähnlich. Oder so, wie es in mir geklungen hat.

Aber mal ehrlich:
Wer weiß denn, wie es war?
Weißt du's? Weiß es überhaupt jemand? Muss
ich es so schreiben, wie es war?
Der exakte Zeitpunkt?
Der exakte Ort?
Die genaue Temperatur, Windrichtung, und ob
ich an dem Tag Socken getragen habe oder
nicht?

Muss ich mich wirklich gläsern machen?
Oder reicht es vielleicht, wenn ich einfach den
Stift aufsetze?
Oder meinen Finger auf die Tastatur lege – nicht
perfekt, nicht im Zehnfingersystem, eher so im
Adlersuchsystem mit Landeunfällen: Zielen,
tasten, landen zwischen den Buchstaben.

Es könnte auch helfen, einfach zu sitzen.
Die Augen zuzumachen.
Tief Luft zu holen.
Ommm sagen.
Ich weiß gar nicht, ob das ein Wort ist.
Ist jetzt eins.

Dann sieht die Welt schon wieder anders aus.
So reißt der Himmel auf, obwohl vorher alles
grau war.
Dann fließt es plötzlich wieder.
Nicht weil ich es perfekt geplant habe.
Sondern weil ich losgelassen habe.

Und ehrlich?

Vielleicht könnte ich das Buch jetzt schon
beenden.
Weil ich's gesagt habe.
Weil ich da angekommen bin, wo ich hinwollte -
im Moment, in mir, in dem Gefühl:
Jetzt ist gerade alles gut.

Oder es sind die Wechseljahre.
Ich weiß es nicht.
Aber ich schreib's jetzt einfach auf.
Weil: Warum nicht?

*Da fiel mir wieder ein, dass ich eigentlich nur
tippe, weil mein Kopf sonst überläuft.*

Ob das schon Schreiben ist?

*Tja. Und was genau macht eigentlich eine
Autorin?*

Kapitel 3: Ich bin doch gar keine Autorin

Na klar, war da dieser Gedanke in mir.
Dieser kleine, giftige Satz:
„Ich bin doch gar keine Autorin."

Gelernt hab ich's ja nicht. Weder Studium noch Diplom.
Kein Literaturschein an der Wand.
Nur ein Hirn voller Gedanken und ein Herz, das
manchmal zu viel fühlt, um still zu sein.

Aber mal ehrlich – wo fängt das eigentlich an?
Gibt's da eine geheime Zeremonie, wo man zur Autorin
geschlagen wird?
Muss man vorher dreimal „Kafka" sagen und rückwärts
durch ein Bücherregal tanzen?

Reicht es vielleicht doch, wenn man sich einfach hinsetzt
und schreibt?

Der erste Autor dieser Welt – ich wette, der hat sich auch
nicht vorher einen Kurs gegönnt.
Der hat sich wahrscheinlich einfach hingesetzt,
geschnauft, gedacht: Na gut, dann eben ich.

Und dann hat er geschrieben. Nicht weil er wusste, wie es geht. Sondern weil etwas in ihm wusste, dass es raus muss.

Vielleicht hatte der studiert. Ich nicht.
Aber ich hab vom Leben gelernt.
Vom Hinfallen. Vom Weitermachen. Vom Fluchen, Lachen, Verzweifeln, Lieben, Zweifeln, Blühen.
Und das ist mehr, als in viele Bücher passt.

Wohin das hier alles führt – ich weiß es nicht.
Aber wenn ich nicht anfange, bleibe ich stehen.
Und das bin ich nicht.
Fürs Stehenbleiben bin ich nicht gebaut.
Ich bin fürs Gehen gemacht. Fürs Fließen. Fürs Wort-für-Wort-ins-Unbekannte-Stolpern.

Und das hier – das ist mein erster Schritt.

Also .saß ich da.

Mit einer Datei auf dem Bildschirm, einem Kaffee (natürlich kalt), und der Frage:

„Spricht da jetzt gerade eine Autorin in mir?

Oder nur jemand, der einfach nicht mehr schweigen kann?"

Kapitel 4: Ich spreche, also bin ich (vielleicht Autorin)

Eigentlich hatte ich total viel im Kopf.
So viel, dass man einen Stau daraus hätte basteln
können – mit Warnblinker und Sirene.
Aber dann – tja.
Dann steht man einmal kurz auf.
Macht was anderes.
Der Mann kommt nach Hause.
Und zack – die Gedanken? Weg.
Abgedampft wie Seifenblasen bei Gegenwind.

Ich weiß nicht, wohin die dann gehen.
Ob die sich hinterm Sofa verstecken oder mit der
Fliege aus Kapitel 1 abhauen.
Fakt ist: Ich krieg sie nicht mehr zurück.
Zumindest nicht dann, wenn ich sie brauche.

In meinem Kopf ist nämlich Party.
Wirklich.
Ein ganzer Themen-Rave.

Erlebnisse, Ideen, Erinnerungen, Witze,
philosophische Geistesblitze, dramatische
Szenen und manchmal auch einfach nur der
Gedanke: Was esse ich später?
Alles gleichzeitig.
Aber zur richtigen Zeit wiederfinden?
Pustekuchen.

Deswegen tippe ich nicht.
Nee, ich spreche.
Ich quassel einfach drauf los – mit meinem
Sprechgerät in der Hand, manchmal auf der
Couch, manchmal am Schreibtisch, meistens
irgendwo dazwischen.

Ob das, was ich da reinspreche, Sinn macht?
Weiß ich nicht.
Will ich manchmal auch gar nicht wissen.

Meine Mentorin hat gesagt: „Sprich sie doch
einfach."
Und ich hab gesagt: „Ich sprech sie schon."
Nur: Kommt trotzdem nix raus. Also, doch –
Töne kommen raus. Worte. Viele.
Aber sie verknoten sich.

Wie ein Gedankenknäuel in einem Waschgang
ohne Wäschesack.
Und dann entsteht so ein Zeug wie das hier.

Die Buchtexte, die ich schon fertig hatte – ja,
hatte.
Die hab ich irgendwohin verloren.
In der Technik, in den Tagen, in mir.
Jetzt weiß ich nicht, wo ich anfangen soll,
wo ich enden soll,
ob ich irgendwo weitermachen soll oder einfach
ganz neu.
Und wie das Buch heißt, weiß ich auch nicht.

Ob es überhaupt dabei bleibt.
Oder was ganz anderes wird.

Und dann kommt wieder dieser Gedanke:
Ich bin ja keine Autorin.

Aber ganz ehrlich?
Ich glaub, ich bin's trotzdem.
Nur eben nicht die klassische, sortierte,
geordnete.
Sondern die sprechende, stolpernde, ploppernde.

Und wenn ich ganz genau hinhöre,
dann sagt meine Stimme beim Sprechen schon
leise:
„Du bist's. Auch wenn du's noch nicht glaubst."

Und dann – zack – war alles weg.

Nicht nur der Faden, sondern gleich das ganze Garn. Technik. Timing. Tja.

Vielleicht war das Universum kurz mal auf Kaffee holen.

Kapitel 5: Und plötzlich war alles weg

Toll.
Jetzt hab ich geredet.
Richtig geredet.
So mit Gefühl, mit Sätzen, mit Gedanken, die sich mal ausnahmsweise nicht im Kreis gedreht haben, sondern in Bewegung waren.
Ich hab sie rausgelassen.
Und dann – zack.
Internetverbindung weg.

Alles futsch.
Kein Backup, kein Mitschnitt, kein "Bitte wiederholen".
Nur ich. Und die leere Stelle, wo gerade eben noch mein ganzer Kosmos tanzte.

Super. Genau das hab ich gebraucht.
Nicht.

Typisch.
Typisch ich.

Typisch Technik.
Typisch dieses Gefühl: Ich geb mir Mühe – und
dann grinst das Universum kurz müde und sagt:
„Ups."

Und trotzdem.
Trotzdem war es da.
Ich hab's gesagt.
Ich hab's gespürt.
Ich war drin. In der Geschichte. In meinem
Thema.
In mir.

Vielleicht ist das der eigentliche Punkt.
Nicht das perfekte Speichern, nicht das
Festhalten.
Sondern: Dass es raus durfte.
Dass ich mich getraut hab, es auszusprechen.
Dass ich's gemacht hab.

Und vielleicht…
kommt's zurück.
Nicht genauso. Aber neu.
Und wenn nicht?
Dann kommt was anderes.

Weil in mir noch so viel ist.
Weil ich nicht leer bin. Nur kurz

Und dann war da plötzlich...

Nichts.

Also nicht gar nichts – aber irgendwie so ein leerer Raum im Kopf.

Wo vorher noch Wörter tanzten, war jetzt Stillstand.

Da wusste ich:

Aha. Jetzt wird's spannend. Jetzt kommen sie.

Die Blockaden. Die mit Namen. Die, die nachts auf meiner Couch sitzen und Popcorn knabbern.

Kapitel 6: Blockaden mit Namen

Vielleicht melden sie sich gerade.
Diese Blockaden.
Die alten, die schlummernden, die flüsternden.
Nicht laut. Nicht aggressiv.
Nur… da.

Ich spüre sie, aber ich komme nicht an sie ran.
Wie eine Stimme durch eine Wand.
Wie ein Geruch aus einem anderen Zimmer.
Ich weiß: Sie sind da.
Und ich weiß: Sie haben Namen.

Ganz irrwitzige, schräge, heimliche Namen.
Vielleicht heißen sie „Was-wenn-es-nicht-gut-
genug-ist".
Oder „Du-bist-doch-keine-Autorin".
Vielleicht auch „Mach's erst perfekt" oder
„Wart-noch-ein-bisschen".

Ich sehe sie nicht.
Aber sie sitzen irgendwo tief.

Vielleicht in meinem Bauch.
Vielleicht in der Stelle zwischen zwei Gedanken.
Oder ganz hinten im Herzflur, da, wo das Licht
nie ganz ankommt.

Und obwohl ich sie nicht greifen kann,
weiß ich: Sie sind Teil der Geschichte.

Vielleicht wird daraus ein Buch.
Ein Buch voller unsichtbarer Figuren,
die sich ganz langsam zeigen.
In Bruchstücken.
In Sätzen, die ich fast nicht aussprechen kann.

Ein Buch über Blockaden,
die sich in Schmetterlinge verwandeln,
wenn man ihnen Raum gibt.
Oder in sprechende Lampen.
Oder in Stühle mit schlechtem Gewissen.

Ich kenne ihre Namen noch nicht.
Aber sie werden kommen.
Vielleicht einer nach dem anderen.
Vielleicht auch alle auf einmal.

Und dann wird aus all dem,
was mich blockiert hat,
etwas, das mich befreit.

*Und während die Blockaden noch ihre Namen
buchstabierten,*

*kam plötzlich eine Erinnerung um die Ecke
geschlichen.*

Erst eine. Dann zwei.

*Und ehe ich mich versah, lag ein ganzer Haufen
bunter Momente vor mir –*

wie diese kleinen Glassteinchen in Omas Vase:

unordentlich, aber wunderschön

Kapitel 7:
Mosaikmomente

Vielleicht wird dieses Buch ein Mosaik.
Kein klarer Anfang, kein geplanter Aufbau.
Sondern viele kleine Splitter aus Erinnerung,
Fantasie, Wirklichkeit und Wunsch.
Momente, die für sich stehen –
und trotzdem zusammengehören,
wie bunte Glasstücke in einem Fenster, das erst
im Sonnenlicht seine Form zeigt.

Da ist das Dreirad im Kleingarten.
Der kleine Unfall, der mehr Spuren im
Gedächtnis hinterließ als auf der Haut.
Da ist der Mann meines Lebens.
Die drei Hunde, die mit uns leben und eigentlich
mehr wissen, als sie zugeben.

Da ist eine Beerdigung.
Ein Abschied.
Ein letzter Blick.
Vielleicht eine Blume in der Hand.
Und der Duft…

der Duft dieser Creme, die meine Oma ihr Leben
lang genommen hat.
Ich rieche sie manchmal noch,
wenn die Luft ganz still ist.

Aufgeschürfte Knie.
Schaukeln, die fliegen und treffen.
Aua.
Vielleicht hat der Spielplatz damals schon
beschlossen,
dass ich später alles gleichzeitig fühlen werde.

Und dann:
Ein freier Flug.
Ein Vogel, der nicht weiß, wohin – aber fliegt.
Ich wäre gern dieser Vogel.
Oder ein Mensch mit Flügeln.
Oder ein Gedanke im Universum.
Vielleicht bin ich das ja längst.

Manchmal will ich nur schweben.
Über die Welt.
Ins Wissen.
In die Tiefe.
In die Sterne.

Oder auf einem Drahtseil stehen,
hoch oben im Zirkus meines Lebens,
und jonglieren mit allem, was ich bin.

Ohne Netz.
Aber mit Herz.

Und zwischen all den bunten Schnipseln,
Gerüchen, Schaukelstürzen und Kindheitskeksen

blinzelte plötzlich jemand aus der Tiefe meines
Hirns:

Ich.

Also nicht das Jetzt-Ich mit dem Kaffee in der
Hand,

sondern die anderen Versionen.

Die, die schon waren.

Die, die vielleicht mal sein werden.

Und die, die immer irgendwo dazwischen sitzen
und warten,

dass ich sie endlich mal anschaue

Kapitel 8: Begegnung mit mir

Es wäre schon cool,
wenn man sich selbst begegnen könnte.
Also – richtig.
Dem eigenen Ich von früher.
Dem Ich von später.
Und sich mal in die Augen schauen –
so richtig, ohne Spiegel dazwischen.

Meinem früheren Ich würde ich sagen:
Du bist toll. Punkt.
Du wirst viel erleben.
Viel fühlen.
Manchmal zu viel.
Und daraus wird etwas wachsen.
Und ja, du hast ordentlich Quatsch im Kopf.
Wirst du behalten. Ist auch gut so.
Ich werde dir nicht sagen, dass du nicht gut
genug bist.
Denn das bist du.
Und das weißt du auch.
Ganz tief drin. Trotz allem.

Meinem späteren Ich würde ich tausend Fragen
stellen.
Was jetzt der nächste Schritt ist.
Was ich übersehen habe.
Ob es einen Seelenplan gibt.
(Obwohl – den verrät sie mir bestimmt nicht.
Noch nicht.)
Aber sie würde mir zuhören.
Und dann würden wir beide schweigen. Und
lachen. Und uns verstehen.

Und wenn wir uns um drei auch noch sehen
würden –
also wir alle drei: Ich damals, Ich jetzt, Ich später
–
dann würden wir eine Party machen.
Mit Musik, Glitzer und Fischstäbchen.
Ja. Fischstäbchen.

Wenn ich mal sterbe,
möchte ich auch keine Beerdigung.
Ich will eine Party.
Mit Geschichten und schiefen Liedern.
Denn ich gehe nicht weg.

Ich gehe nur weiter.
In eine andere Dimension.
Ohne Körper vielleicht,
aber mit allem, was ich war.

Es wird kein trauriges Buch.
Das verspreche ich mir.

Auch wenn in meinem Kopf gerade alles
rumschwirrt.
Auch wenn ich nicht weiß,
was ich eigentlich schreiben soll.

Und doch –
es ist ja alles da.

Ich meine:
Was mache ich morgen zu essen?
Heute gibt's Fischstäbchen.
Das steht schon mal fest.

Manchmal frage ich mich, ob ich überhaupt mit mir selbst spreche...

oder ob da noch jemand anderes mithört.

Vielleicht sind die Stimmen in meinem Kopf nicht alle von mir.

Vielleicht ist das okay

Kapitel 9 – Du hast dich fast gefunden

Ich bin heute Morgen aufgewacht, und neben mir lag ein Zettel.
In meiner Handschrift.
Aber ich hab ihn nicht geschrieben.
Glaub ich.
Oder vielleicht doch?

Darauf stand nur dieser eine Satz:
„Du hast dich fast gefunden."

Aha.
Danke auch, geheimnisvolle Ich-Version mit nächtlichem Mitteilungsbedürfnis.

Ich starr diesen Zettel an, als würde er gleich anfangen zu tanzen oder zu singen. Nichts passiert.
Aber der Satz bohrt sich rein.
„Du hast dich fast gefunden."

Was soll das heißen?

Welches „Ich" war das – die leicht überdrehte Version, die nachts im Holzhäuschen mit Glitzerstirnband durch den Flur hüpft?
Oder die tiefgründige, die frühmorgens mit Tee im Garten steht und sich fragt, wie zur Hölle man sich fast selbst finden kann, wenn man sich doch nie verloren hat?

Vielleicht hab ich mich ja schon in 87 Versionen gefunden.
Ich bin:

die, die über Fischstäbchen philosophiert.

die, die mitten im Satz das Thema wechselt.

die, die auf dem Hundekissen liegt, weil Skadi das Sofa blockiert hat.

die, die weint – und dann schnell einen Witz macht, damit's keiner merkt.

die, die allein im Garten tanzt, wenn niemand guckt.

die, die ganz viele Gedanken hat, aber nie zur
richtigen Zeit.

Vielleicht war's auch gar nicht ich.

Vielleicht war's Anu, unser Aussie, die
Unerschrockene.
Die hat manchmal diesen Blick, als würde sie
längst wissen, wohin ich gehöre – und einfach
geduldig warten, bis ich's auch checke.

Oder Pepper, mein kleiner Bernackel mit Zorro-
Augen.
Die hat so viel Ausdruck im Blick, da würde es
mich nicht wundern, wenn sie nachts mit Filzstift
in der Schnauze durchs Haus tigert und
Botschaften auf Papier kritzelt.

Oder Skadi.
Tüpfeltier. Chaosqueen im Welpenpelz.
Die hat sicher irgendwas damit zu tun.
„Du hast dich fast gefunden" klingt sehr nach
einer Skadi-Aktion: frech, ehrlich, und komplett
ohne Plan, aber mit Herz.

Vielleicht hab ich mir auch selbst geschrieben.
Nachts, schlafend, zwischen Traum und Klarheit.

Vielleicht ist dieses Buch der Zettel.
Vielleicht steht auf jeder Seite ein bisschen mehr
von dem, was ich schon bin – oder werden darf.

Und vielleicht wach ich morgen früh auf
und finde den nächsten Zettel.

Vielleicht steht dann drauf:
„Jetzt hast du dich. Bitte nicht verlieren."

Und mittendrin ich.
Mit einem Hirn, das hämmert.

Einem Nacken, der knirscht.
Und der fixen Idee, sich am Wochenende
tätowieren zu lassen.

Wieder. Natürlich.
Weil Tattoos machen süchtig.

Das sagen alle. Und alle haben recht.

Wer einmal anfängt, hört nicht mehr auf.
Es ist wie Wörter auf der Haut

Kapitel 10: Dialoge mit dem Unsichtbaren

Ich führe die meisten Gespräche mit mir selbst.
Also nicht so richtig laut – na gut, manchmal auch das.
Aber vor allem in meinem Kopf.
Da ist eine ganze WG unterwegs. Mit eigenem Belegungsplan und wackligem WLAN.

Ganz vorne dabei: Frau Perfekt.
Sie sitzt auf einem imaginären Barhocker in meinem Kopf, trägt einen schicken Blazer, hat einen kritischen Blick und ist immer bereit, mir zu erklären, warum irgendwas noch nicht gut genug ist.
Oder nie gut genug sein wird.

Frau Perfekt: „Mach's ordentlich.
Mach's richtig.

Und am besten: Mach's lieber gar nicht, bevor's peinlich wird."

Ich: „Und du hast schon wieder deinen Maßstab mitgebracht, oder?"
Frau Perfekt: „Natürlich. Zentimetergenau."
Ich: „Ich arbeite aber lieber mit Glitzer und Gefühl."
Frau Perfekt: Stirnrunzel. Kopfschüttel. Stille Verachtung.

Ja, danke auch.

Dabei bin ich eigentlich das Chaos auf drei. Oder auf fünf. Vielleicht auch auf zwölf.
Ich bin Impro. Ich bin Kringel in der Checkliste.
Ich bin bunt, unvollständig und manchmal einfach nur da.

Und manchmal sitze ich hier und frage mich, wie mein späteres Ich wohl mit mir reden würde.
Vielleicht mit Humor. Vielleicht mit müden Augen.

Vielleicht würde sie sich einfach nur hinsetzen,
mir einen Tee hinstellen und sagen:

Späteres Ich: „Du weißt schon, dass du eigentlich
genau richtig bist, oder?"
Ich: „Nein, manchmal vergesse ich das."
Späteres Ich: „Dann schreib's dir auf. Am besten
auf den Unterarm."
Ich: „Hab ich schon. Heißt: Tattoo."
Späteres Ich: „Na dann. Weiter."
Tee-schlürfendes Nicken.

Und mein früheres Ich?
Das kleine, freche, wilde Ich mit dem zerkratzten
Knie und dem Glitzerstift hinterm Ohr?
Die würde mich wahrscheinlich einfach
umarmen, kichern und sagen:

Früheres Ich: „Ich wusste schon immer, dass du
ein bisschen verrückt wirst."
Ich: „Ein bisschen?"
Früheres Ich: „Okay, ein bisschen sehr. Aber süß-
verrückt, weißt du? So mit Herz."

Ich: „Danke, Mini-Me."
Früheres Ich: „Gern geschehen, Großhirn."

Und dann wären da noch die Hunde.

Anu, die Unerschrockene, die alles checkt und
trotzdem tut, was sie will.
Die würde mich ansehen wie eine weise Wölfin
und sagen:

Anu: „Du hängst wieder in der Schleife, oder?"
Ich: „Hm. Vielleicht."
Anu: „Willst du dich da nicht mal rauswuseln?"
Sie legt sich ins Gras. Demonstrativ. Ohne Urteil.

Pepper, mein kleines Senftöpfchen auf
Dackelbeinen mit Zorroblick,
würde vermutlich philosophisch grunzen und
fragen:

Pepper: „Gibt's eigentlich schon Fischstäbchen?
Oder wenigstens Käse?"
Ich: „Das ist dein einziger Beitrag zur tiefen
Selbstreflexion?"
Pepper: Zwinkert. „Essen ist auch Identität."

Und Skadi – das Tüpfeltier mit Jagdhundtrieb
und Clownsnase –
die würde mir wahrscheinlich einfach ins Gesicht
springen und bellen:

Skadi: „DU LEBST, DU BIST, DU
SCHREIBST! MACH!"
Ich: „Okay, ich schreib ja schon..."
Skadi rennt los. Mit meiner Socke im Maul.
Inspiration? Vielleicht.

Und mittendrin ich.
Mit einem Hirn, das hämmert.
Einem Nacken, der knirscht.

Und der fixen Idee, sich am Wochenende
tätowieren zu lassen.
Wieder. Natürlich.
Weil Tattoos machen süchtig.

Das sagen alle. Und alle haben recht.
Wer einmal anfängt, hört nicht mehr auf.
Es ist wie Wörter auf der Haut.
Wie ein Kapitel, das bleibt, egal wie viele Seiten
du noch schreibst.

Nach all den Gesprächen mit unsichtbaren WG-Mitgliedern,

nach philosophierenden Hunden und Tattoo-Plänen,

war klar:

Jetzt muss was aufs Papier.

Nicht, weil es Sinn ergibt.

Sondern weil mein Hirn sonst platzt.

Also: Stift her. Bühne frei.

Es wird geschrieben.

Ob ich will oder nicht.

Kapitel 11: Ich schreibe mich

Du müsstest mich mal beobachten die letzten
Tage. Oder Wochen.
Was da abgeht – körperlich, geistig, kosmisch.
Ein bisschen wie Achterbahn fahren in Zeitlupe.
Und trotzdem: Ich bin ruhig.
Nicht überfordert. Nicht im Wirrwarr.
Ich bin einfach – da.

Und dann das Thema Schreiben.
Ich meine, hallo? Was ist das bitte für ein
Feuerwerk?

Erst wollte ich meine Biografie schreiben.
Ganz klar. Mein Leben. Meine Stationen.
Dann: Im Licht des Jetzt - Spirituelle Impulse für
den Weg zu dir selbst.
Schon unfassbar viel da.
Dann kam die Chaosqueen ums Eck. Die wollte
auch noch raus.

Und dann das da: Was der Kopf nachts feiert,
wenn ich eigentlich schlafen will.

Ich dachte, das ist viel.
Dann kam das Dazwischen-und-noch-nicht-
Buch.

Und jetzt?
Jetzt schreibe ich ein Buch, während ich
versuche herauszufinden,
was ich eigentlich schreiben will.

Boom.

Ein Plopperbuch.
Ein Transformations-Wirbel.
Ein inneres Neonschild mit der Aufschrift:
„Ich weiß nicht, was das hier wird – aber es wird
genau richtig.“

Und weißt du was?
Es fühlt sich auch genau so an.

Ich bin nicht überfordert.
Ich bin kein Durcheinander.

Ich bin ein System, das keiner versteht,
aber das funktioniert, weil ich ihm vertraue.

Ich schreibe einfach alles auf, was reinkommt.
Jede Idee. Jeden Impuls.
Ich bin nicht mehr die, die wartet, bis es perfekt
ist.
Ich bin die, die macht.
Mit Herz, Chaos und Kaffeetasse.

Dabei war eigentlich Pause angesagt.
Nach dem ersten Buch – meinem kleinen
Büchlein, auf das ich so stolz bin –
war erst mal: Bildschirm runter. Display weg.
Mein Kopf fing an zu kribbeln,
mir wurde schwindelig.
So ein inneres „Hallo, Epilepsie sagt: chill mal!".

Also hab ich mich zurückgezogen.
Nach innen.
Musste mich schonen.
Viel liegen. Viel Stille.

Und genau da – genau in dieser Ruhe –

kamen sie alle. Die Ideen. Die Texte. Die
Gedanken,
die endlich Platz hatten.

Ich hab ein Hörbuch gehört.
Dann wollte ich plötzlich wieder ein echtes Buch
lesen.
Dann war ich mitten im Absatz und dachte:
„Ich wollte doch eigentlich mein eigenes
schreiben!"

Typisch ich.
Drei Gedanken gleichzeitig. Alle haben recht.
Keiner hält still.
Aber ich liebe genau das.

Und das Universum?
Schickt Zeichen wie Konfetti.
Es ist irre. Es ist magisch.
Es ist nicht einsam.

Ich bin nicht einsam.

Ich bin auf Sendung.
Ich schreibe mich.

Und während ich das tue,
verändert sich etwas.

Ich.
Das Buch.
Alles.

Und genau jetzt wird mir klar, dass das hier
genau Kapitel 11 ist.
So wie es sein musste.
11 – die Meisterzahl.
Wieder ein Zeichen vom Universum.

Wenn du das nicht verstehst – das macht nichts.
Aber ich weiß es.
Und das ist gut so.

Und vielleicht schreibe ich irgendwann nochmal
ein anderes Buch.
Ein spirituelleres.
Wer weiß das schon?

Heute geht es mir richtig gut.
So, als hätte sich der Wind gedreht.

Ich sitze zum ersten Mal seit Langem draußen in der Sonne.

Vorher ging das nicht.

Aber jetzt – jetzt fühlt es sich leicht an.

Hell.

Einfach – glücklich.

Vielleicht gehört genau das auch dazu.

Vielleicht ist das der Punkt, an dem alles zusammenkommt.

Und das hier – das ist das Schönste daran:

Die Kapitel entstehen nicht aus Konzepten.

Sondern aus Situationen.

Aus Momenten.

Aus dem, was wirklich ist.

Manchmal liegt das Leben im Garten.

Zwischen feuchtem Gras, Käsebrot und einem Buch auf dem Bein.

Und während alle Welt rennt, denke ich: Jetzt nicht

Kapitel 12: Ab morgen geht's los – oder ich back erst mal Keine Ahnung

Morgen geht's los.
Ganz bestimmt.
Also... vielleicht. Vielleicht auch übermorgen.

Denn heute? Heute war ich mir da nicht mehr ganz so sicher.

Ich hab das oft.
Diese „Ab morgen wird alles anders"-Momente.
Ab morgen fang ich mit Yoga an.
Ab morgen strukturiere ich mein Buch.
Ab morgen geh ich raus, atme tief durch, fang neu an.

Und dann kommt der Morgen.
Und mein Kopf so:

„Äh... also... nö. Ich glaub, du warst gestern ein bisschen zu euphorisch."

Und mein Körper so:
Gliederschwere deluxe mit Tendenz zu Sofa.

Also bleibt alles, wie es ist.
Aber nicht, weil ich nichts tue –
sondern weil ich gerade mitten in diesem
Nichtwissen lebe.
Und das kann echt anstrengend sein.
Oder lustig. Oder beides.

Ich wünschte manchmal, mein Leben wäre
bunter.
Dann hätte ich mehr zu erzählen.
Wobei – wenn ich ehrlich bin: Ich hab eigentlich
immer viel zu erzählen.
Nur manchmal ist das, was ich sagen will, nicht
laut genug.
Oder mein inneres Ich sitzt einfach still da und
denkt:

„Nö. Heute nicht."
Transformation läuft.

Und das ist so eine Phase, in der ich nicht weiß,
wohin das alles will.
Ich hab gestrickt, ich hab gehäkelt., ich hab
gestrippt –
also nicht so gestrippt, aber Ideen hatte ich
immer.
Früher war ich ein Feuerwerk an Plänen.
Heute bin ich 52 – und frag mich manchmal, ob
ich überhaupt noch was zu erzählen hab.

Und dann kommt wieder so ein Tag.
So ein „hoch jauchzend – zu Tode irritiert"-tag.
Erst denke ich: Yes, das wird groß!
Und drei Stunden später: Was eigentlich
nochmal?

Ich bin oft da, wo man sagt: „Keine Ahnung."
Keine Ahnung, was ich schreiben soll.
Keine Ahnung, was ich heute koche.
Keine Ahnung, wie das Buch endet.
Vielleicht back ich einfach einen Kuchen namens
„Keine Ahnung".
Mit Glitzerstreuseln.

Und einer Prise „Wird schon“.

Und vielleicht gehört das alles genau dazu.
Vielleicht ist „Keine Ahnung“ gar nicht das
Gegenteil von Klarheit.
Sondern ihr Anfang.

Und wenn ich dann endlich loslege –

also so richtig –

dann sitz ich meistens…

naja, nicht am Schreibtisch.

Sondern auf der Gartenliege.

Mit kaltem Kaffee,

halb gegessenem Käsebrot

und drei Hunden,

die genau wissen,

dass jetzt kein kreativer Höhenflug kommt,

sondern eher

Kapitel 13: Sitzliegend mit Häufchenblick

Sitzliegend auf meiner Gartenliege schaue ich hoch.
Die Sonne scheint.
Die Hunde liegen im frisch gemähten, nassen Gras.
Kaltem Gras.
Feuchtem Gras.
Sie sehen zufrieden aus.
Ich bin neidisch auf ihre Ruhe.

Ein Blatt Papier liegt auf dem Rasen.
Skadi hat es sich aus der Papiertüte geangelt.
Eigentlich sollte es in den Papiercontainer.
Aber Skadi hat andere Vorstellungen von Mülltrennung.
Vielleicht war es eine Botschaft vom Universum.
Oder einfach die Rückseite eines Einkaufszettels mit Kaffeeflecken.

Ich schaue nach rechts.

Ein Häufchen.
Kein Fähnchen dran mit Namen.
Aber die Handschrift ist eindeutig.

Ich seufze.
Nicht aus Ärger.
Eher, weil ich nicht mehr weiß, ob ich heute
schon was gemacht habe oder nicht.
Oder ob das Häufchen einfach symbolisch für
meinen Tag steht.
Undefinierbar, aber da.

Während ich aufstehe, überlege ich, was ich
heute eigentlich tun wollte.
Vielleicht eines der drei John-Strelecky-Bücher
lesen,
die hier schon seit Tagen dekorativ herumliegen.
Sie gucken mich an.
So als wüssten sie, dass ich immer noch nicht
weiß,
mit welchem ich anfangen soll.

Vielleicht mit dem dünnsten.
Oder dem mit der schönsten Farbe.
Oder mit keinem.

Weil ich ja eigentlich selbst schreiben will.
Nur nicht jetzt.
Jetzt ist Kaffeezeit.

Ich sitze wieder.
Oder liege.
Oder irgendwas dazwischen.
Die Sonne fühlt sich gut an auf der Haut.
Und ich frage mich, ob sie mich gerade wieder
ein bisschen auflädt.
Wie so ein Solarpanel in Menschengestalt.

Skadi wedelt.
Anu schläft.
Pepper schnarcht.
Und ich?

Ich warte auf den nächsten Impuls.
Oder auf ein Wunder.
Oder auf den Moment, in dem mein Hirn sagt:

„Jetzt! Genau das! Jetzt geht's los!"

Und bis dahin?

Guck ich in die Sonne, schlürf Kaffee,
und räume Häufchen weg,
ohne Fähnchen –
aber mit Würde.

Na super.

Ich wollte eigentlich nur kurz was notieren.

Und zack – steht sie da.

Mitten im Chaos.

Barfuß. Ohne Klingeln. Ohne Plan.

Die Erkenntnis.

Grinst frech, zuckt mit den Schultern und sagt:

„Tja. Jetzt bin ich halt da

Kapitel 14: Willkommen im Genre „Keine Ahnung"

Ich frage mich manchmal, ob es solche Bücher schon gibt.
Mit Hirnchaos, mit Hundehäufchen, mit Irritation im Kopf und diesem Gefühl, dass alles irgendwie Sinn macht – nur nicht auf den ersten Blick.
Oder auf den zweiten.
Sondern vielleicht erst irgendwann mittendrin.
Oder gar nicht. Und trotzdem passt's.

Ich meine – ich bin ja keine Autorin.
Ich stecke gar nicht so in diesem Thema drin.
Ich weiß nur, wie mein Kopf funktioniert. Oder eben nicht.
Da sind Gedankenspaghetti, Erinnerungsblitze, Ploppideen und manchmal einfach nur – nix.

Aber selbst wenn es solche Bücher schon gibt, dann darf sich meins dazustellen.
Ganz höflich. Mit schräger Schleife drum.

Oder meins ist das erste.
Was ich nicht glaube.
Ich kann ja nicht die Einzige sein, die so
bescheuert denkt.

Aber was ich schreibe, das ist irgendwie ein
eigenes Genre.
Ein bisschen Spiritualität.
Ein bisschen Alltag.
Ein bisschen „Keine Ahnung".
Mit Herz, Hundehaar und Himmelsblick.

Falls du also dachtest, du liest hier ein normales
Buch –
tja. Überraschung.

Hier wird geploppt.
Hier wird transformiert.
Hier wird Kaffee getrunken, während Skadi im
Hintergrund mit einer Socke abhaut.
Anu philosophiert über Sinn und Unsinn von
Sonnenplätzen.
Und Pepper... ja, Pepper denkt an Käse.

Hier gibt es Kapitel, die auf Gartenliegen entstehen.
Absätze, die mitten im Gedanken abbrechen.
Und manchmal schreiben sich ganze Seiten von allein, während ich eigentlich nur den Herd anmachen wollte.

Manche Kapitel kommen mit Postkartenstimmung.
Andere mit Nackenkribbeln und dem festen Glauben, gleich passiert was Großes.
Und manchmal passiert – nix.
Und das ist auch okay.

Denn ich höre sowieso.
Nicht mit den Ohren. Nicht immer.
Ich höre mit dem, was da in mir wohnt.
Ich hör zu. Ich plopp. Ich schreibe.

Und falls du dich wunderst, wer mir das eingeflüstert hat –
keine KI. Kein Coach. Kein Guru.
Ich selbst.
Naja... ich und ein bisschen Himmelsradio.

Also, falls du denkst, du liest hier ein normales
Buch –
denk ruhig nochmal nach.

Oder schau, ob du auch so ein Blatt Papier im
Garten findest.
Vielleicht steht da was drauf.
Vielleicht nicht.
Beides ist gut

Vielleicht ist mein Buch kein Buch.

*Vielleicht ist es ein Gespräch, das aus Versehen
ein Buch geworden ist.*

*Und falls es sowas schon gibt – dann darf meins
trotzdem mitspielen*

Kapitel 15: Die Erkenntnis kam barfuß und hat nicht geklingelt

Was mir gerade wieder mal klar wird –
und ich glaube, ich habe das so noch nie wirklich ausgesprochen –
ist eigentlich total logisch.
So logisch, dass es schon wieder fast absurd ist.

Wenn ich unter Menschen sein will,
dann darf ich nicht zu Hause hocken.
So simpel. So offensichtlich.
Und trotzdem fühlt es sich an wie eine kleine Erleuchtung.
Weil ich's wirklich fühle – nicht nur weiß.

Und wenn ich allein sein will,
dann darf ich nicht auf den Rummel gehen.
Nicht aufs Stadtfest. Nicht ins Einkaufszentrum.
Nicht in die WhatsApp-Gruppe mit 84 unbeantworteten Nachrichten.
Weil ich sonst wie ein Satellit ohne Empfang bin.

Mitten im Gewusel – aber innerlich auf
Flugmodus.

Und dann kam noch dieser eine Gedanke:
Wenn ich mit Hunden leben will,
dann teile ich mein Leben ja auch nicht mit einer
Katze.
Oder vielleicht doch.
Vielleicht genau dann, wenn ich mich frage, ob
ich wirklich Hunde will.
Und plötzlich steht da eine Katze.
Auf dem Küchentisch. Mit Attitüde.

Vielleicht geht's gar nicht darum, dass ich alles
vorher wissen muss.
Sondern darum, dass ich merke, wo ich gerade
bin –
und was ich gerade brauche.
Und dass ich nicht beleidigt bin, wenn's nicht
das ist,
was ich gestern noch wollte.

Ich hab so viele Bücher gelesen,
Hörbücher gehört, spirituellen Input getankt,

dass ich manchmal denke: Ich müsste es doch
langsam verstanden haben.

Aber vielleicht geht's nicht ums Verstehen.
Sondern ums Erkennen.
Und ums Zulassen.

Und genau dann,
wenn ich in einem Zoom sitze,
oder zur falschen Zeit am richtigen Ort bin –
treffe ich plötzlich Menschen,
die eine Wegmarke sind.
Nicht für immer.
Aber für genau diesen Moment.

Manche bleiben.
Andere verschwinden wieder.
Ein paar hinterlassen Fußabdrücke.
Ein paar ein Keksrezept.
Und manche einfach nur ein stilles Lächeln, das
ich später irgendwo in mir wiederfinde.

Das Leben fühlt sich manchmal an wie ein
Plakat, das ich nicht lesen kann,
weil ich zu nah davorstehe.

Und dann ziehe ich mich ein paar Schritte
zurück,
setze mich auf meine Gartenliege,
und denke: Ach so.

Und während ich noch barfuß mit der Erkenntnis ringe, kracht es irgendwo im Garten.

Skadi war's.

Natürlich.

Oder das Wetter.

Oder beides.

Aber auf jeden Fall nicht ich. Ehrlich

Kapitel 16: Schuld ist immer Skadi. Oder das Wetter.

Anu liegt unter der Liege.
Sie ist froh, dass sie ihre Ruhe hat.
Der Blick: Lasst mich alle einfach in Frieden atmen.

Was viele nicht wissen:
Anu ist nicht nur unerschrocken.
Sie ist eine keltische Göttin.
Irisch, alt, weise.
Eine mit Tiefe, Erde, Nebel, Stille.
Das merkt man.
Wenn Anu schaut, schaut sie durch dich hindurch.
Sie weiß.
Oder tut zumindest so – und das reicht schon.

Pepper sitzt mitten auf der Wiese.
Die Nase in die Luft gestreckt,

und schnuppert an Erinnerungen, die nur sie riechen kann.

Früher war Pepper der Blitz in der Pfote.

Schnell, schrill, selbstständig.

Heute ist sie ruhiger geworden.

Seitdem Skadi da ist.

Aber sie ist immer noch Pepper.

Ein kleines Senftöpfchen mit Dackellänge, Bernhardinerblick und Zorrogarnitur.

Ein bisschen Erdhörnchen vielleicht auch.

Einzigartig eben.

Und sehr eigen im Schnuppern.

Skadi…

Ja.

Da liegt wieder ein Blatt Papier auf dem Rasen.

Natürlich war es der Wind.

Aber innerlich hab ich's trotzdem ihr zugeordnet.

Weil – sagen wir's wie es ist – sie einfach permanent irgendwas im Kopf hat.

Meistens Quatsch.

Und ja – sie heißt wirklich Skadi.

Nicht Skäddi, nicht mit y, nicht mit Herzchen überm i.

Skadi.

Mit Bedeutung.
Mit Mythos.
Mit Kraft.

Sie ist eine nordische Göttin.
Die mit dem Schnee.
Und dem Jagen.
Und – ja – da kommt auch ein weißer Wolf drin
vor.
Aber ich sag dazu jetzt nichts weiter.
Googeln. Lohnt sich.

Eine Wolke schiebt sich vor die Sonne.
Ich hab mich heute schon dreimal umgezogen.
Wechseljahre.
Kalt, warm, kalt, warm – mein Körper weiß
nicht, ob er schwitzen oder bibbern will.
Aber ehrlich gesagt – heute ist auch die Sonne
nicht besonders entscheidungsfreudig.
Die will, aber die Wolken wollen nicht.

Ich halte ein angebissenes Käsebrot in der Hand.
Mein Kaffee ist kalt.
Auf meinem Bein liegt ein Buch von John
Strelecky.

Aufgeschlagen, aber ungelesen.
Typisch ich.
Ich wollte lesen, schreiben, denken, verändern.
Aber vielleicht will ich einfach mal nichts.

Ich glaub, für heute mach ich Schluss.
Also nicht mit meinem Leben.
Nur mit dem Müssen.
Ich genieß einfach jetzt mal die Ruhe.
Und schau, ob mein Plan funktioniert.
Welcher Plan das ist?
Weiß ich selbst noch nicht.
Aber ich tu jetzt einfach mal so, als wär einer da.

Es braucht nicht immer ein Drama.

Manchmal reicht ein stiller Moment mit kaltem Kaffee,

und plötzlich weißt du wieder, wer du bist.

Kapitel 17: Fliegen, Nerven und der Aus-Knopf

Ich glaube, ich bin relativ zurückhaltend auf die
Welt gekommen.
Als Kind leise, eher beobachtend.
Aber als ich erwachsen wurde, da kam das
Temperament.
Nicht schlagartig – aber es war da.
Und manchmal war es laut.
Ich konnte mich aufregen. Über alles.
Mich. Die Welt. Die anderen.

Und dann waren da diese Tage…
Ach ja, gestern!
Da war sie wieder – die Fliege.
Diese eine Fliege, die sich mit voller Wucht
gegen das Fenster zoomt,
obwohl die Tür sperrangelweit offensteht.
Ich kenn das. Ich war auch schon diese Fliege.
Mit dem Kopf gegen Glas, immer wieder, immer
wieder.

Und dabei war der Ausgang längst da.

Früher hab ich mich über alles aufgeregt.
Über Dinge, die mich betrafen.
Über Menschen, die ich nicht verstand.
Über alles, was nicht nach meinem inneren
Weltbild lief.

Und irgendwann kam der Punkt:
Ich merkte, das geht auf die Nerven.
Und von den Nerven geht's aufs Herz.
Und vom Herz auf den ganzen Körper.
Und der schreit dann irgendwann: „Stopp!"

Also hab ich aufgehört.
Nicht sofort.
Das war ein Prozess.
Kein Klick – eher ein Kratzen, das sich zur
Klarheit schälte.

Ich hab angefangen zu lächeln.
Nicht aus Ignoranz.
Sondern weil ich entschieden habe:
Wenn ich's ändern kann, ändere ich's.
Wenn nicht – dann geh ich weiter.

Du denkst jetzt vielleicht: „Ja klar, würde ich
auch gern können."
Ich sag: Ich konnte das auch nicht.
Nicht einfach so.
Aber ich wollte.

Heute ist das mein Alltag:
Wenn sich jemand aufregt wie ein Rohrspatz,
weil irgendwer irgendwas gepostet hat,
dann lächle ich.
Und scroll weiter.
Oder drück den Aus-Knopf.
Ganz einfach.

Das ist keine Weltflucht.
Das ist Selbstschutz.
Das ist energetisches Hygiene-Konzept.
Das ist innere Klarheit mit einem Schuss
Spiritualität und einem Augenzwinkern.

Wir müssen nicht alles hinnehmen.
Nicht die Politik.
Nicht den Lärm.
Nicht die Panik.

Aber wir dürfen entscheiden, wie lange wir
bleiben.

Manchmal ist der klügste Satz einfach:

„Ich bin dann mal raus."

Und manchmal ist der wichtigste:

„Ich atme. Und ich geh weiter."

Und dann –
kommt wieder dieser Moment.
Der Moment, in dem ich mich hinsetze, die Stirn
auf die Hand stütze
und einfach nur warte.
Auf den nächsten Gedanken.
Den nächsten Satz.
Oder einfach auf irgendwas, das sich nach
„weiter" anfühlt

Kapitel 18: Der Leopard, das Journal und das Regal der Möglichkeiten

Den Kopf auf die Hände gestützt,
sitze ich hier und überlege,
was ich erzählen kann.
Was ich schreiben soll.
Oder ob ich überhaupt etwas muss.

Dabei – eigentlich ist alles Content.
Alles ist Energie.
Alles ist möglich.
So sagt man.

Da ist zum Beispiel mein Krafttier – der
Leopard.
Ich hab ihn gemalt.
Er schaut mich jetzt vom Regal aus an.
Nicht kritisch. Eher wissend.
So, als würde er sagen:
„Na? Wartest du noch auf den perfekten Satz?"

Daneben liegt mein Journal.
Das, was ich eigentlich täglich schreiben wollte.
Manchmal vergesse ich es eine Woche lang.
Und dann trage ich alles nach,
als hätte ich ein Zeitfenster-Abo beim
Universum.

Im kleinen Schatzkästchen:
meine Tarot-Karten.
Und andere Karten.
Karten für Fragen. Karten für Antworten.
Karten für „Ich weiß grad gar nichts".
Ich mag es, wenn die Karten was sagen.
Auch wenn ich oft nicht verstehe, was.

Und dann sind da noch die Erlebnisse,
von denen ich nicht weiß,
ob ich sie erzählen will.
Zum Beispiel vom Erotik-Shop, in dem ich
gearbeitet habe.
Neun Jahre.
Nicht wie du jetzt denkst.
Sondern Erfahrungen. Geschichten. Menschen.
Ein Paralleluniversum in Lack und Leder.
Und auch da: Erkenntnis.

Dann wieder das große Fragezeichen:
Was soll ich erzählen?
Wenn ich erzähle, erzähle ich meine Geschichte.
Und dann frage ich mich,
ob ich die überhaupt erzählen will.
Oder ob sie nicht ein eigenes Buch braucht –
eines mit Struktur. Mit Kapiteln, die nicht Plopp
heißen.

Von den Hunden hab ich schon viel erzählt.
Autofahren kann ich nicht.
Auch das ist eine Geschichte.
Vielleicht für später.
Und so sitze ich wieder da.
Kopf in die Hände gestützt.
Und überlege.
Anstatt einfach zu warten,
bis der nächste Impuls von selbst kommt.
Oder das Leben ruft:
„Jetzt. Los."

Manchmal denke ich:
Ich müsste mich einfach mal zurückziehen.
Wie der Autor in Shining.

Irgendeine Hütte im Schnee.
Stille.
Nur ich und…

naja…
das, womit ich mich beschäftige.
Mit dem, was unter der Oberfläche liegt.
Mit dem, was nicht greifbar ist, aber da.
Ich glaube, ich wusste schon immer, dass es
mehr gibt.

Ich weiß, dass es Schatten gibt.
Und Wesen.
Und Energien, die den Raum füllen,
wenn der Fernseher aus ist und keiner redet.

Ich weiß, dass es Gut gibt.
Und dass es Dunkel gibt.
Nicht das Böse mit Hörnern.
Eher das Flirrende im Augenwinkel.
Das, was du nur spürst,
wenn du allein bist
und die Luft ein bisschen anders schmeckt.

Ich weiß,

dass Worte Türen öffnen können.
Dass Gedanken Gestalten annehmen können.
Dass Schreiben nicht immer harmlos ist.

Und manchmal glaube ich,
dass genau das hier passiert:
Dass ich schreibe,
und dabei etwas mitliest.
Etwas Altes.
Etwas, das schon da war,
bevor ich wusste, wie man Buchstaben formt.

Vielleicht ist das Schreiben mein Schutz.
Oder mein Zugang.
Oder beides.

Vielleicht sitzen da Wesen zwischen den Zeilen,
die einfach nur gehört werden wollen.
Oder gelesen.
Oder gefühlt.

Und manchmal,
wenn ich ganz still werde,
spüre ich es:

Ein Flüstern. Ein Lächeln. Ein leiser Riss in der Realität.

Vielleicht ist das hier
gar kein Kapitel.
Sondern ein Tor.

Da vorne hängt was in der Luft.

Vielleicht ein Gedanke. Vielleicht eine Idee. Oder einfach nur eine Karotte.

Ich zucke mit den Ohren. Ich gehe los. Mal sehen, wohin

Kapitel 19: Ich bin ein Delfin mit Walherz, Mini-Eule und Karotten-Esel."

Den Kopf voller Geister und Unsichtbaren.
Und dann – kommt der Gedanke zur Struktur.
Struktur.
Dieses Wort passt überhaupt nicht in meinen
Wortschatz.
Struktur und Chaos können keine Freunde sein.
Sie können nebeneinander existieren – ja.
Aber sie essen nicht zusammen zu Abend.

Eigentlich hätte ich sehr gerne Struktur.
Nicht im Leben. Nein.
Im Leben komm ich ganz gut klar.
Aber in meinen Projekten.
In meinen Ideen.
In meinen „Ich-will-doch-nur-das-Buch-
fertigkriegen"-Momenten.

Aber dann kommt sie: die Struktur.

Und mit ihr – der Stillstand.

Denn sobald ich mich hinsetze und alles
durchstrukturieren will,
Zettel schreibe, Ordnung reinbringen will,
verliere ich das, was mir eigentlich am
wichtigsten ist:
Den Impuls. Den Moment. Den Plopp.

Ich bin kein Schreibmensch. Nicht in dem Sinn.
Ich sammle nicht auf Papier.
Ich denke laut. Ich spreche. Ich lasse es fließen.
Ich schreibe nicht nach Plan –
ich schreibe, wenn's will.

Und trotzdem hab ich das Gefühl,
ich müsste mich mal einordnen.
In so eine dieser Typen-Schubladen.
Du weißt schon.
Diese Menschentierchen mit Charakterzügen.

Wenn man mich fragt, dann bin ich ein Delfin.
Ein Kreativling mit Herz.
Bunt, laut, sensibel, wild im Kopf.
Ich liebe Ideen. Ich vergesse sie wieder.

Ich mach was draus – oder auch nicht.

Aber ich bin auch ein Wal.
Warm. Mitfühlend.
Ein bisschen langsam manchmal,
aber voller Gefühl.

Und ja, ganz vielleicht
hockt da irgendwo eine Mini-Eule in mir –
die gern planen würde.
Aber immer zu spät kommt,
weil sie auf halbem Weg
eine Idee in der Wiese gefunden hat.

Ich bin ganz sicher kein Hai.
Zack-zack-Erfolge, Ellenbogen, Taktik?
Nicht mein Revier.
Und manchmal denke ich:
Vielleicht ändern sich diese inneren Tiere.
Vielleicht wächst der Delfin.
Vielleicht bekommt der Wal Flossen aus Mut.
Vielleicht zieht die Eule irgendwann wieder aus.

Vielleicht sind wir alle ein kleiner innerer Zoo.
Mit wackeligen Gehegen

und keiner Kasse am Eingang.

Und das ist okay.
Ich brauch keinen festen Typ.
Ich bin ich.
Und das reicht.

Obwohl... manchmal bin ich auch ein Esel.
Stur, langsam, zögerlich –
aber mit dem Blick auf eine Möhre,
die irgendwo baumelt.
Manchmal fang ich an zu laufen,
manchmal diskutier ich mit der Karotte.
Aber hey – auch der Esel gehört dazu.

Und während ich also versuche, mich als Delfin,
Wal, Eule und Karotten-Esel irgendwie in eine
Schublade zu sortieren,
fällt mir auf:

Ich schreibe nicht nur ein Buch.
Ich schreibe mehrere gleichzeitig.

Alle mit Herz. Alle mit Chaos. Alle mit dem
dringenden Wunsch, rauszuwollen –
gleichzeitig, natürlich

Kapitel 20: Mein Buchregal der offenen Enden

Ich hab schon so viel geschrieben, dass mein Laptop ächzt.
Ich schreibe mehrere Bücher gleichzeitig – typisch ich.
Immer dieses Ideenfeuerwerk.
Das, was gestern noch wie die zündende Idee aussah,
ist heute schon wieder auf Warteschleife,
weil mir längst was Neues eingefallen ist.
Und bevor ich's vergesse, schreib ich es auf.
Weil es raus will. Jetzt. Nicht irgendwann.

Und dann sitze ich da und hab das Gefühl:
Ich hab noch gar kein richtiges Buch geschrieben.
Nur Ideen. Angefangene Kapitel.
Bruchstücke. Plopptexte. Lose Seiten.

Aber dann wird mir klar:

Das stimmt nicht.

Ich habe eine ganze Sammlung geschrieben.
Nicht abgeschlossen, nicht gebunden –
aber angefangen. Gefühlt. Festgehalten.

Jedes dieser Kapitel, das irgendwo auf meinem
Rechner liegt,
in Notizen, Sprachmemos, Gedankensplittern,
ist der Anfang von etwas.
Ein Rohdiamant. Eine Idee in Bewegung.
Ein kleiner Satellit in meinem Buch-Kosmos.

Einige Texte sind fast schon ein eigenes Buch.
Andere wollen vielleicht einfach nur Fragment
bleiben.
Oder sich eines Tages heimlich in ein neues
Kapitel schleichen.

Und plötzlich erkenne ich:
Ich schreibe mehrere Bücher gleichzeitig.
Weil mein Kopf kein Einbahnstraßensystem ist.
Der funktioniert nicht linear.
Der ist wie ein Kreisverkehr mit Ausfahrten,

Abzweigungen, Irrwegen und
Wendemöglichkeiten.
Und manchmal steht mitten auf der Kreuzung ein
Esel.

Das ist kein Durcheinander.
Das ist Offenheit.

Manche Bücher beginnen, bevor sie wissen, was
sie werden wollen.
Und genau deshalb darf auch dieses Buch hier so
entstehen,
wie es entsteht:
Unfertig perfekt.

Und ganz ehrlich?
Ich weiß gar nicht genau, wie viele Bücher ich
gerade schreibe.
Aber eins davon
wird vielleicht sogar fertig.
Oder mindestens wundervoll unfertig.
Und das reicht mir völlig.

Manche Kapitel wollen noch nicht geschrieben werden.

Andere haben sich vorgedrängelt.

Und wieder andere stehen auf der imaginären Warteliste – mit Zettel in der Hand, genervtem Blick und dem Kommentar: „Jetzt guck doch mal, wie lange ich hier schon warte!"

Aber bevor die nächsten Bücher kommen (ja, Plural ist beabsichtigt),

frag ich mich plötzlich:

Was, wenn jemand das hier wirklich liest?

Was, wenn sie was dazu sagen?

Kapitel 21: Zwischen Zeilen und Zweifeln

Da sind sie wieder. Die Stimmen.
Nicht die im Kopf – die in den
Kommentarspalten.
Die in den Gesichtern, wenn du sagst:
„Ich schreib ein Buch."

„Worüber denn?"
„Und warum?"
„Meinst du, das liest jemand?"

Ich weiß es nicht.
Aber ich weiß, dass Schreiben nicht immer Sinn
ergibt.
Manchmal ist es wie Fensterputzen im Nebel:
Du machst es, weil du wissen willst, was
dahinter ist.

Ich hab kein Genre. Keine Message. Keine Schreibschule im Rücken.
Aber ich habe Wörter. Und das reicht für heute.
Morgen vielleicht nicht mehr – aber das ist nicht mein Problem von jetzt.

Und jetzt?

Jetzt denke ich zurück an diese eine Nacht.
Die, in der alles zu viel war. Zu wirr. Zu vielleicht.
Vielleicht hätte ich es anders schreiben sollen.
Vielleicht witziger. Oder klarer. Oder strukturierter.
Vielleicht.

Aber dann wär's nicht ich.
Dann wär's nicht dieses Buch.
Dann wär's nicht echt.

Und ehrlich:
Ich hab's geschrieben. Oder ich schreibe es noch.
Und das ist mehr, als viele sagen – und nie tun.

Klar – es war viel „ich" in diesem Buch. Aber wie soll es auch anders sein, wenn man 24/7 mit sich selbst rumhängt?

Zeit, den Spiegel einmal umzudrehen – und zu schauen, wie ich eigentlich auf andere wirke

Kapitel 22: Wie andere mich sehen – und wie ich mich manchmal selber frag

Also, wenn ich ganz ehrlich bin –
ich wüsste gern mal, wie ich so auf andere wirke.
Nicht so im „Schnell-mal-ein-Kompliment-abgreifen"-Modus,
sondern einfach, weil ich mich selber manchmal nicht ganz greifen kann.

Ich meine:
Was würden die Leute sagen, wenn sie über mich reden?
Was bleibt hängen?

„Die mit dem Plopperbuch, oder?"
„Ach, die mit den drei Hunden und den tausend Ideen."
„Ist das nicht die, die sich mit sich selbst unterhält?"

„Die mit dem pinken Gedankenspaghetti im
Kopf, genau."
„Ich glaub, sie ist Autorin. Oder auch nicht. Oder
schon."
„Die, die schon vier Business-Ideen, acht
Gruppen und fünf Seiten auf allen Plattformen
hat – und trotzdem überlegt, ob sie was
vergessen hat."

Und das Verrückte:
Ich würd das alles unterschreiben.
Auch das mit dem „Oder auch nicht".

Denn während andere vielleicht eine klare
Beschreibung bekommen –
„die Skeptische", „die Klugscheißerin", „die
Ruhige mit dem Wissen" –
sitze ich daneben und denk:

„Ich? Ich bin die, die heute schreibt, morgen
tanzt, übermorgen still ist –
und zwischendrin drei neue Buchtitel im Kopf
hat."

Ich bin so ein „...kommt drauf an"-Typ.
Kommt drauf an, wie viel Kaffee.
Kommt drauf an, ob die Sonne scheint.
Kommt drauf an, ob Skadi wieder ein Blatt
Papier geklaut hat.
Oder ob ich gerade in der richtigen Dimension
gelandet bin.

Aber eins geht fast immer:

„Die, die du nicht ganz einordnen kannst – aber
irgendwie magst."
Oder: Die, die keine Ahnung hat, wo's hingeht –
aber dich trotzdem mitnimmt.

Ich muss niemandem etwas einpflanzen.
Aber ich will Spuren hinterlassen.

Mit Worten, die sich nicht schämen, echt zu sein.
Mit Texten, die von mir sind:
mal laut, mal leise,
mal albern, mal ernst.

Nicht für Applaus. Nicht für die Quote.
Sondern, weil sie raus wollten.

Und wenn etwas bleibt,
dann darf es bleiben.
Weil es einen Abdruck hinterlässt –
nicht im Kopf, sondern im Gefühl.

Bleibend.

Und jetzt – du.
Wer bist du eigentlich?

Nicht das, was auf dem Namensschild steht.
Nicht das, was du im Lebenslauf einträgst.
Sondern:
Was bleibt von dir bei anderen hängen?

Bist du die mit dem Lächeln, das länger bleibt
als der Kaffee?
Der, der lieber zuhört als redet?
Die, die immer die richtigen Worte findet – oder
einfach die richtigen Blicke?

Der, der sich selbst noch nicht ganz kennt, aber
trotzdem schon wirkt?

Du musst niemand sein.
Du darfst einfach du sein.
Aber vielleicht fragst du dich trotzdem mal:
Wer bin ich – wenn keiner zuschaut?
Und was bleibt – wenn ich weiterzieh?.

Und jetzt? Jetzt bin ich bei Seite hundertzwanzig.

Hundertzwanzig!

*Wahrscheinlich hätte ich auch bei zwanzig
aufhören können.*

Oder bei fünf.

Aber nö. Ich hab weitergemacht.

*Weil irgendwas in mir dachte: Mach ruhig,
Kirstin. Wird schon keiner merken, dass du
einfach schreibst, ohne zu wissen, worauf das
alles hinausläuft.*

Tja. Und jetzt bist du immer noch da.

Selbst schuld.

*Also los – nächste Runde Hirnkarussell, bitte.
Sicherheitsbügel schließen*

Kapitel 23:
Hundertzwanzig

Hundertzwanzig Seiten.
*Hundert*zwanzig Ploppmomente.
Hundertzwanzig Mal: „Keine Ahnung, aber ich
schreib's trotzdem auf."
Hundertzwanzig Gedanken,
von denen ich dachte, sie bleiben nur bei mir.

Und jetzt sind sie hier.
Gedruckt. Getippt. Gesprochen.
Durchlebt.
Mit Kaffee, Käsebrot
und mindestens einem Hund auf den Füßen.

Hundertzwanzig Mal:
Zweifel.
Staunen.
Lachen.
Rückschritt.
Sprung.

Hundertzwanzig Seiten,

die sich nicht erklären,
aber sich zeigen.
Nicht glatt. Nicht durchformatiert.
Aber sowas von echt.

Hundertzwanzig Seiten,
die mir keiner mehr nimmt.
Auch wenn Frau Perfekt leise schnaubt
und fragt,
ob das schon reicht.

Reicht das?

Vielleicht nicht für den Literaturpreis.
Aber für mich.

Und das ist mehr,
als ich zu Beginn geglaubt hab.

Hundertzwanzig.
Nicht das Ende.
Nur der Beweis,
dass man losgehen kann,
ohne zu wissen, wo's hinführt.

Und manchmal landet man
genau da,
wo was bleibt.

Und dann kommt da noch ich.
Die, die sich halb wegschmeißt vor Lachen,
weil das hier ein Selbstläufer war.
Ein Ploppermarathon in Absätzen.
Nicht als Blocktext, nee –
sondern in dem, was man wohl Absatzform
nennt.

Oder irgendwie so.
Ich weiß es ja nicht.
Ich bin ja keine Autorin.

Also. Sagt man.
Ich sag das.
Immer noch.

Trotz hundertzwanzig Seiten.
Trotz Titel.
Trotz Kapitel.

Vielleicht bin ich auch einfach:
Die, die ploppt. Die, die schreibt.
Die, die sich wundert – und weitermacht.

Kapitel zu.
Kaffee auf.

Als ich dachte, jetzt wäre alles gesagt –

kam das Leben um die Ecke.

Mit Kaffee, Chaos… und einer ganzen WG im Kopf.

Ohne Mietvertrag, aber mit festen Meinungen

Kapitel 24: 24/7 WG mit mir selbst

Ich lebe nicht allein.
Nie. Nicht eine Minute. Nicht mal nachts.
Ich lebe mit mir. In einer 24-Stunden-WG.
Ungekündigt. Untermietfrei. Ohne Hausordnung.
Oder sagen wir… ohne durchgesetzte
Hausordnung.

Da ist zum Beispiel Frau Perfekt,
die mit dem Blazer und dem Klemmbrett,
die um acht Uhr morgens schon wissen will,
ob das heute alles was wird.
(Nein, wird's nicht. Aber psst.)

Dann die Innere Verzettelte.
Die mit fünf Tabs im Kopf,
die ständig neue Listen schreibt,
aber nie weiß, wo die alten sind.
Die eine Idee beginnt, bevor die andere endet.
Und ständig ruft: „Oh, das müsste auch noch ins
Buch!"

Das Kind mit dem Glitzerstift,
das mitten in ernste Themen reinmalt,
mit Herzchen, Sternchen und einem Einhorn.
Sie meint es gut. Sie bleibt. Immer.

Dann ist da die Innere Fragestellerin:
„Was, wenn das niemand liest?"
„Was, wenn es jemand liest?"
„Was, wenn ich morgen alles doof finde?"
Danke. Reicht.

Und die Nachtaktive.
Die mit den besten Ideen. Um halb zwei.
Wenn mein Mann schon schnarcht,
die Hunde längst im Tiefschlaf zuckeln
und ich eigentlich schlafen sollte.
Aber nee. Dann kommt sie. Und ploppt.

Mein Mann?
Kommt von der Arbeit,
zieht seine Jacke aus,
schlüpft in den Alltag zu Hause,
und geht mit den Hunden zum See.

Sein Ausgleich.
Weg von Terminen, von Maschinen, von
Menschen.
Hin zu Wasser, Stille und Fellnasen.

Und danach: Essen.
Und dann?
Dann klappt er in sich zusammen wie ein
Klappstuhl.
Einatmung. Couch. Tiefschlaf.
Er ist mein Ruhepol. Mein Sofa-Buddha.
Mein Reminder: Nicht alles muss heute.

Und die Hunde?
Ach, die Hunde!

Anu – die Unerschrockene,
die alles beobachtet wie ein Wolf,
ihr Rudel zählt, ihre Welt im Blick hat
und im Zweifel einfach souverän in der Sonne
liegt.

Pepper – das kleine Senftöpfchen auf
Dackelbeinen,

mit dem Zorroblick und der ruhigen
Entschlossenheit
eines leicht verpeilten Zen-Mönchs.
Sie schnuppert, sie grunzt, sie denkt.
Und fragt sich sicher jeden Tag:
„Gibt's heute wieder Käse?"

Skadi –
die Chaosqueen mit Tüpfeln.
Spielzeug hat bei ihr die Halbwertszeit von Obst
in der Sonne.
Wenn man sie fragt, was sie gemacht hat,
könnte sie antworten:
„Alles. Was nicht gesichert war."
Papier? Gefressen.
Ball? Zerlegt.
Schuh? Warum nicht.
Ihr Motto: „Ich bin die, vor der man den
Bürostuhl sichern muss."

Und mittendrin ich.
Mit Kaffee in der einen,
Ideen in der anderen Hand.
Zwischen Gedankenploppen und Gassigehen.

Zwischen „Ich mach das später" und „Warum
hab ich's nicht gleich gemacht?"
Zwischen Listen, die verschwinden,
und Texten, die plötzlich auftauchen.

Ich lebe in mir.
Mit mir.
Und diesen vielen Versionen meiner selbst.
Und den vierbeinigen Mitbewohnerinnen.
Und einem Mann, der weiß,
wann man reden sollte –
und wann einfach nur atmen reicht.

Manchmal ist es laut,
manchmal friedlich,
manchmal total bescheuert.
Aber ehrlich?
Ich könnte mir keine bessere Gesellschaft
vorstellen.

Auch wenn ich manchmal gern ausziehen würde.
Nur für einen Nachmittag.
Ohne innere Stimmen, Listen, Fragen.
Nur Stille.
Aber das würde ich nicht lange aushalten.

Denn dann würde ich mich vermissen.
Mich. Und meine WG.
Samt Chaos, Kaffee, See und Sofa.

Klingel bitte vor dem Eintreten.
Oder bring Kuchen mit.

*Also, wenn du mich jetzt fragst, ob das alles hier
nicht ein bisschen viel Ich ist – ja.*

Es ist viel Ich. Ziemlich viel sogar.

*Aber weißt du was? Ich glaub, das ist auch
irgendwie Schattenarbeit mit Senf.*

Selbstfindung mit Umwegen.

*Oder ganz einfach: Ich bin gar keine Autorin.
Ich bin bloß jemand, die sich traut, hinzugucken.*

Und dann wieder weg. Und dann wieder hin.

Mit offenen Seiten und offenen Fragen

Kapitel 25: Ich bin viele – laut Plan

Du hast sicher schon mal gehört, dass Menschen „Sternzeichen" haben.
Ich bin Löwe – natürlich. Also laut. Also Bühne. Also Tamtam.
Und ein bisschen Dramaqueen, wenn ich will.
Aber hey: mit Aszendent Waage – ich versuche das Drama dabei wenigstens hübsch aussehen zu lassen.
Und dann noch: Mond im Widder. Ach herrje.
Also Feuer, Luft, Feuer. Kein Wunder, dass ich manchmal brenne –
und dann wieder Luft brauche.

Wenn du jetzt denkst, das reicht schon: Ha!
Dann kommt da noch dieses Human Design dazu.

Human Design?

Klingt ein bisschen wie ein Fitnessprogramm oder ein Küchengerät aus dem Teleshopping, oder?

Ist es aber nicht.

Es ist eher so, als hätten Astrologie, Chakrenlehre, das I-Ging (irgendwas Altes aus China), die Kabbala (was Mystisches aus dem Judentum) und ein bisschen Quantenphysik gemeinsam ein Gläschen zu viel getrunken – und dann einen energetischen Bauplan für Menschen entwickelt.

Und zack: Ich bin jetzt ein Chart.

Also gut:

Ich bin ein manifestierender Generator – einer von fünf Human-Design-Typen.

Was das bedeutet?

– Ich habe Power.

– Ich darf (und sollte!) nicht sofort lostrampeln, sondern erst mal fühlen.

– Ich kann viele Dinge – aber nur, wenn sie mir Spaß machen.

– Und ich ploppe vor Ideen. Ständig. Manchmal so viele, dass ich nicht weiß, wohin damit.

Mein Profil ist 1/3 – der experimentierende Forscher.
Will heißen:

– Ich will alles wissen.
– Ich probiere alles aus.
– Ich fall oft auf die Nase – aber lerne genau da am meisten.
– Ich bin neugierig, chaotisch, tiefgehend – und ein bisschen verplant.
– Ich bin der Typ: „Spring erst, dann google, wie tief es ist."

Ein bisschen wie Leben auf einem Trampolin mit Notizbuch in der Hand.

Und was das mit diesem Buch hier zu tun hat?

Ganz einfach:
Ich schreibe kein Buch. Ich schreibe sieben auf einmal.

Ich schreibe Kapitel, bevor ich weiß, wohin sie führen.
Ich schreibe aus dem Bauch raus – aber frage trotzdem das Universum.
Ich will es perfekt machen – aber ploppe vorher noch drei neue Ideen raus.

Ich bin der Delfin mit Walherz.
Der Karottenesel mit Glitzerbrille.
Der Forscher mit Schlupfsocken.
Und alles ist irgendwie richtig.
Auch wenn's nach außen aussieht wie ein Salatbuffet ohne Schüsseln.

Und du so?

Was wärst du für ein Typ?
Ein Ruhepol mit Ideenstau?
Ein Macher mit Richtungsangst?
Ein Spinner mit Herz?

Vielleicht googelst du das mal. Oder du lässt es.
Vielleicht hast du dein eigenes System.
Dein eigenes Chaos. Deinen eigenen Kompass.

Ich jedenfalls hab meinen.
Und der sagt gerade:
Schreib weiter.

Kapitel 26 – Stimmen auf dem Weg

Was sie sagen würden. Oder könnten. Oder vielleicht nie sagen – aber denken.

„Was macht die da eigentlich?"
Und dann blättern sie weiter.

„Ich war erst verwirrt. Dann hab ich mich ertappt gefühlt. Dann hab ich gelacht."

„Zu viel Ich. Und trotzdem war da plötzlich: Ich."

„Ich hatte keinen Plan, worauf das hinausläuft. Aber irgendwie hat's mich mitgenommen."

„Nicht durchgestylt. Nicht perfekt. Aber auf ihre Art komplett."
(Das könnte von meiner inneren Kritikerin sein. Oder von dir. Oder von Frau Perfekt.)

„Ich wollte es erst abbrechen. Und dann hab ich mir Textstellen rauskopiert."

„Man kann das nicht erklären. Man kann es nur lesen. Oder eben nicht."

Vielleicht sind das Stimmen aus meinem Kopf.
Vielleicht aus deiner Zukunft.
Vielleicht aus einer Rezension. Vielleicht auch nicht.

Aber sie alle sagen:

Da ist was geblieben.

Kapitel 27 – Ich weiß. Und ich schreib trotzdem

Ich weiß, dass dieses Buch kein Roman ist.
Kein Ratgeber.
Keine Anleitung fürs Leben.

Es ist ein Plopperbuch. Ein Stolperbuch.
Ein „Ich muss das jetzt einfach loswerden"-Buch.
Und manchmal eben auch ein „Oh, war das jetzt zu viel?"-Buch.

Ich hab mich nicht hingesetzt mit Struktur, mit Plan, mit Schreibcoaching im Ohr.
Ich hab mich hingesetzt, weil es rauswollte.
Weil da so viel war.
Und weil ich sonst vielleicht geplatzt wäre.
Und ganz ehrlich – wer soll das dann wieder wegwischen?

Ich weiß, dass da Stellen sind, bei denen du
vielleicht gedacht hast:
„Hä?"
„Was will sie mir sagen?"
„Schon wieder Käsebrot?"
Und ja, ich hab das auch gedacht. Später.
Aber ich hab's nicht rausgenommen.
Weil es genau so aus mir kam.
Und weil ich glaube, dass Echtheit manchmal
wichtiger ist als Perfektion.

Ich hab gezweifelt.
Oh ja.
Ich hab gedacht: Wer will das lesen? Wer soll das
verstehen?
Und dann kam dieser leise Gedanke:
„Wenn du's nicht machst – bleibt es in dir."
Und das wäre schlimmer gewesen.

Vielleicht ist das hier kein schönes Buch im
klassischen Sinne.
Aber es ist echt.
Und wenn du irgendwo darin einen Funken
findest,
der dich zum Schmunzeln bringt,

oder zum Nachdenken,
oder zum stillen Nicken –
dann war's genau richtig.

Denn ich bin keine Autorin.
Aber ich bin jemand, der schreibt.
Und das reicht.

Kapitel 28 – Und du?

Und wenn du jetzt denkst:
„Hey, ich will das auch."
Ein Buch schreiben.
Oder was sagen. Oder irgendwas machen, was
schon viel zu lange auf deiner
„Mach ich irgendwann mal"-Liste steht.

Dann: Fang an.

Schreib.
Nicht perfekt. Nicht geplant. Nicht wie die
anderen.
Sondern einfach so, wie's aus dir raus will.

Schreib auf,
was dich heute zum Lächeln gebracht hat.
Oder was dich geärgert hat.
Oder was dich wachgehalten hat.
Oder was einfach nur raus musste, weil sonst
nichts reinpasst.

Vielleicht wird's ein Buch.

Vielleicht ein Text.
Vielleicht ein Zettel am Kühlschrank.

Aber du wirst sehen:
Wenn du einmal anfängst –
ploppt mehr nach, als du dachtest.

Und selbst wenn keiner es liest:
Du hast es getan.
Und das ist mehr, als viele jemals wagen.

Kapitel 29 Und was, wenn sie reden?

Weißt du, was viele davon abhält, etwas zu zeigen?
Etwas zu sagen? Etwas zu tun?
Die Stimmen im Kopf.

„Was werden die anderen denken?"
„Was, wenn das jemand blöd findet?"
„Was, wenn ich mich lächerlich mache?"

Und ganz ehrlich:
Diese Stimmen sind laut.
Gerade, wenn du was veröffentlichst. Wenn du sichtbar wirst.
Im Internet, in der Öffentlichkeit, auf einer Bühne oder in einem Buch.

Denn da draußen sitzen auch Menschen,
die nicht sehen wollen, was du bist –
sondern nur, was ihnen nicht passt.
Aber:

Du wirst daran nicht sterben.
Du wirst zittern, ja.
Du wirst zweifeln.
Vielleicht wirst du sogar Rückzug planen.

Aber du wirst auch wachsen.
Weil du plötzlich merkst:
Du bist größer als ihre Meinung.

Am Anfang tut's weh.
Aber irgendwann merkst du:
Du brauchst keinen Applaus – du brauchst Luft
zum Atmen.
Und deine Stimme.

Also:
Wenn du was zu sagen hast –
sag es.
Nicht laut. Nicht perfekt. Nicht für alle.
Sondern: für dich.

Denn das ist der Anfang von allem.

Kapitel 30: Und heute bin ich zufrieden

Wenn du mich gestern gefragt hättest,
ob ich mit diesem Buch irgendwann mal durch
bin –
ich hätte gesagt: „Vielleicht. Wenn ich nicht
wieder alles umwerfe."
Und dann vermutlich heimlich
weitergeschrieben.
Mit Kaffee. Und Krümeln auf der Tastatur.

Heute aber…
heute sitze ich hier –
und grinse.

Weil da dieses irre, bunte, chaotische Ding ist,
das ich Buch nenne.
Und es ist echt.
Nicht perfekt. Aber ehrlich.

Ja, einige Sätze ploppen öfter auf als ein Toaster
mit Frühdienst.
Manche Formulierungen könnte man sammeln

und als Limited Edition drucken lassen.
Aber weißt du was?
So spreche ich eben.
So denke ich.

Ich wiederhole mich manchmal.
Nicht, weil mir nix einfällt –
sondern weil ich nochmal sicher gehen will.
Weil manche Gedanken eben mehrfach
rausmüssen,
bevor sie sitzen.

Vielleicht ist dieses Buch wie ein Dialog mit mir
selbst.
Und ich bin halt ein bisschen schwerhörig.

Manchmal klingt es poetisch.
Manchmal nach Einkaufszettel mit Tiefgang.
Und manchmal wie eine Sprachnachricht,
bei der man nicht mehr weiß, womit man
angefangen hat.

Aber genau das ist es doch:

Ich hab's geschrieben.
Nicht, weil ich musste.
Sondern weil ich nicht anders konnte.

Ich hab keine Schublade bedient.
Kein Genre brav befüllt.
Ich hab gestolpert. Und getippt. Und geflucht.
Und bin dabei ziemlich genau ich geblieben.

Wer braucht schon perfekte Sätze,
wenn man auch mit ehrlichen Krummlingen
treffen kann?

Heute sag ich:
Ja. Das bin ich.
Mit allem Drumherum, Durcheinander und
Dazwischen.

Und vielleicht ist das mein
Wiedererkennungswert:
Nicht die schönste Stimme im Chor,
aber die mit der Glitzersocke im Takt.

Kapitel 31: Einfach so. Und genau deshalb

Warum ich das geschrieben habe?

Weil ich nicht anders konnte.
Weil zu viel da war – in mir, um mich, mit mir.
Und weil ich zeigen wollte, dass das geht:
einfach schreiben. Einfach machen.

Ohne Plan. Ohne Perfektion.
Mit Zweifel, mit Kaffee, mit diesem kleinen
„Ich-bin-doch-keine-Autorin"-Flüstern im
Nacken.
Und mit dem Mut, trotzdem weiterzumachen.

Ich wollte kein Meisterwerk erschaffen.
Ich wollte ein Stück Ich auf Papier.
Vielleicht zum Mitnicken. Zum Lächeln.
Vielleicht auch nur, damit jemand denkt:
„Ach guck. Ich bin nicht allein mit meinem
Kuddelmuddel im Kopf."

Wenn dich etwas in diesem Buch berührt hat –

irgendwo zwischen Käsebrot, Gedankenspaghetti
und Hundeblick –
dann war es das schon wert.

Weil ich glaube, wir müssen nicht alles richtig
machen.
Wir dürfen nur nicht vergessen, echt zu bleiben.

Danke, dass du da warst.

Und denk dran:
Du darfst auch was schreiben.
Oder machen. Oder fühlen.
Einfach so. Und genau deshalb.

Über die Autorin

Kirstin schreibt Bücher wie andere Leute
Tagebuch: ungeplant, ehrlich, manchmal wirr –
und genau deshalb echt.
Sie beginnt Geschichten, bevor sie weiß, wohin
sie führen.
Manche Kapitel starten mitten im Leben, andere
mitten in der Nacht.
Ob spirituelle Reisen, absurde Alltagsszenen
oder Gespräche mit dem Unsichtbaren – bei ihr
darf alles gleichzeitig sein.
Sie schreibt, weil sie nicht anders kann.
Und weil in ihrem Kopf zu viele Bücher wohnen,
um sie für sich zu behalten.